Dat

Nombres: ______________________________

Apellidos: ______________________________

Teléfono: ______________ Dirección: ______________

____

Localidad: ______________ Código postal: ______________

En caso de emergencia llamar a: ______________

______________ Teléfono: ______________

Redes Sociales

____

____

____

____

____

____

2022

Enero

L	M	M	J	V	S	D
					1	2
3	4	5	6	7	8	9
10	11	12	13	14	15	16
17	18	19	20	21	22	23
24	25	26	27	28	29	30
31						

Febrero

L	M	M	J	V	S	D
	1	2	3	4	5	6
7	8	9	10	11	12	13
14	15	16	17	18	19	20
21	22	23	24	25	26	27
28						

Marzo

L	M	M	J	V	S	D
	1	2	3	4	5	6
7	8	9	10	11	12	13
14	15	16	17	18	19	20
21	22	23	24	25	26	27
28	29	30	31			

Abril

L	M	M	J	V	S	D
				1	2	3
4	5	6	7	8	9	10
11	12	13	14	15	16	17
18	19	20	21	22	23	24
25	26	27	28	29	30	

Mayo

L	M	M	J	V	S	D
						1
2	3	4	5	6	7	8
9	10	11	12	13	14	15
16	17	18	19	20	21	22
23	24	25	26	27	28	29
30	31					

Junio

L	M	M	J	V	S	D
		1	2	3	4	5
6	7	8	9	10	11	12
13	14	15	16	17	18	19
20	21	22	23	24	25	26
27	28	29	30			

Julio

L	M	M	J	V	S	D
				1	2	3
4	5	6	7	8	9	10
11	12	13	14	15	16	17
18	19	20	21	22	23	24
25	26	27	28	29	30	31

Agosto

L	M	M	J	V	S	D
1	2	3	4	5	6	7
8	9	10	11	12	13	14
15	16	17	18	19	20	21
22	23	24	25	26	27	28
29	30	31				

Septiembre

L	M	M	J	V	S	D
			1	2	3	4
5	6	7	8	9	10	11
12	13	14	15	16	17	18
19	20	21	22	23	24	25
26	27	28	29	30		

Octubre

L	M	M	J	V	S	D
					1	2
3	4	5	6	7	8	9
10	11	12	13	14	15	16
17	18	19	20	21	22	23
24	25	26	27	28	29	30
31						

Noviembre

L	M	M	J	V	S	D
	1	2	3	4	5	6
7	8	9	10	11	12	13
14	15	16	17	18	19	20
21	22	23	24	25	26	27
28	29	30				

Diciembre

L	M	M	J	V	S	D
			1	2	3	4
5	6	7	8	9	10	11
12	13	14	15	16	17	18
19	20	21	22	23	24	25
26	27	28	28	30	31	

Mis Libros Publicados

El Conde de Grafton

El Duque de Cleveland

Un Conde sin Escrúpulos

La Duquesa de Ruthlan

Un Buitre al Acecho

Un Marqués en Apuros

El Duque de Edimburgo

La Sombra de East End

Un Marido para Mary

Un Marido para Cloe

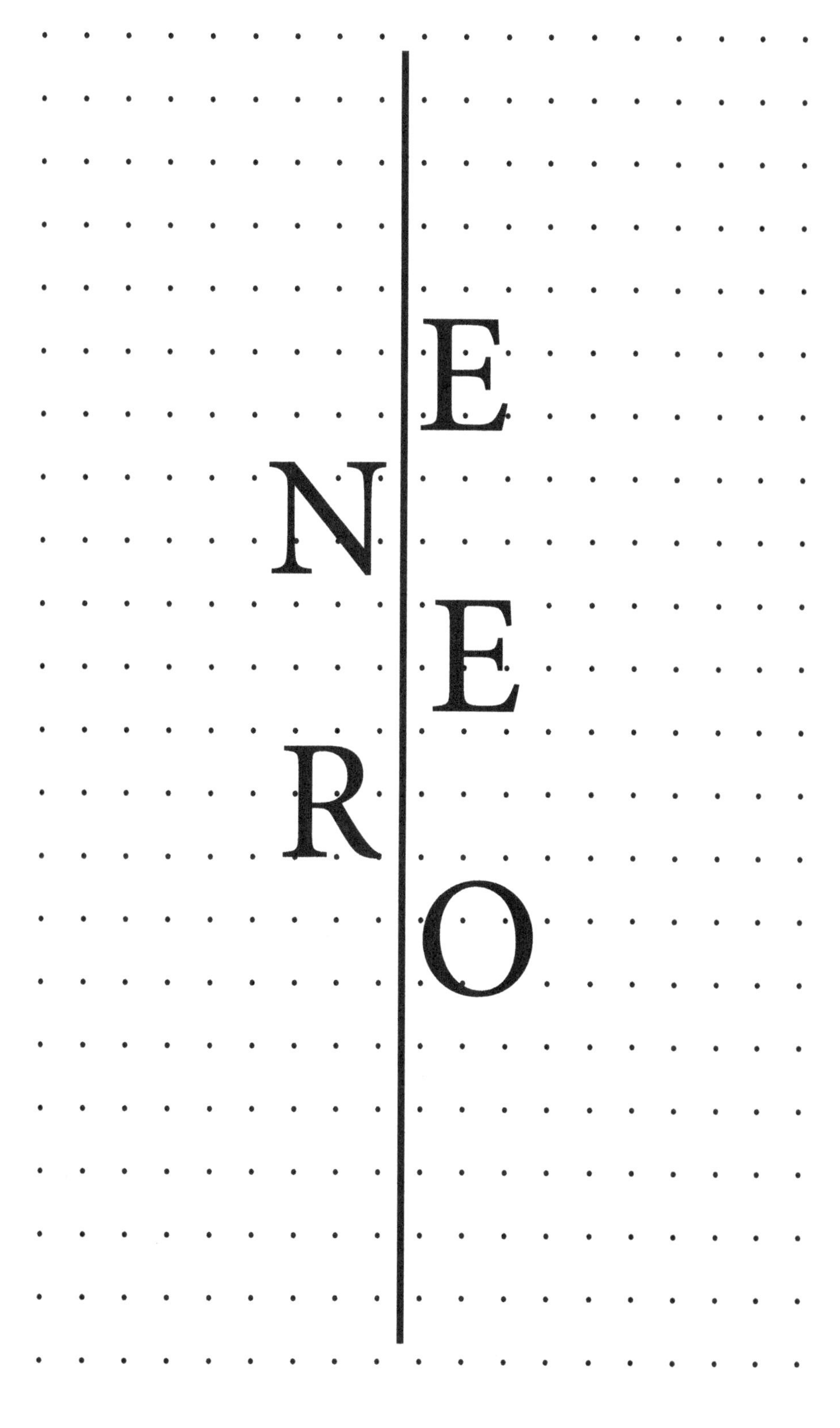
ENERO

Sábado 1

Domingo 2

IMPORTANTE

- [ ]
- [ ]
- [ ]
- [ ]
- [ ]
- [ ]
- [ ]
- [ ]

PRÓXIMA SEMANA

Enero

L	M	M	J	V	S	D
					1	2
3	4	5	6	7	8	9
10	11	12	13	14	15	16
17	18	19	20	21	22	23
24	25	26	27	28	29	30
31						

NO OLVIDAR

Lunes 3

Martes 4

Miércoles 5

6 Jueves

IMPORTANTE

7 Viernes

PRÓXIMA SEMANA

Sábado 8 Domingo 9

Reseña Literaria

Comentario

Libro:____________________

____

Autor(a):____________________

____

Páginas:____________________

Género:____________________

Saga :____________________

Calificación

☆ ☆ ☆ ☆ ☆

Frase Favorita

Comentario Amazon /Goodreads

Collage/Edit

Promoción en redes sociales

Reseña Literaria

Comentario

Libro:__________________

____

Autor(a):_______________

____

Páginas:________________

Género:________________

Saga :__________________

Calificación

☆☆☆☆☆

Frase Favorita

Comentario Amazon /Goodreads

Collage/Edit

Promoción en redes sociales

Enero

L	M	M	J	V	S	D
					1	2
3	4	5	6	7	8	9
10	11	12	13	14	15	16
17	18	19	20	21	22	23
24	25	26	27	28	29	30
31						

NO OLVIDAR

Lunes 10

Martes 11

Miércoles 12

13 Jueves

14 Viernes

Sábado 15 Domingo 16

IMPORTANTE

- [ ]
- [ ]
- [ ]
- [ ]
- [ ]
- [ ]
- [ ]
- [ ]

PRÓXIMA SEMANA

Organiza tu Feed

ENERO

PALETA DE COLORES ◯ ◯ ◯ ◯

Sábado 1	Domingo 2	Lunes 3
Martes 4	Miércoles 5	Jueves 6
Viernes 7	Sábado 8	Domingo 9
Lunes 10	Martes 11	Miércoles 12
Jueves 13	Viernes 14	Sábado 15

Domingo 16	Lunes 17	Martes 18
Miércoles 19	Jueves 20	Viernes 21
Sábado 22	Domingo 23	Lunes 24
Martes 25	Miércoles 26	Jueves 27
Viernes 28	Sábado 29	Domingo 30
Lunes 31		

CONTENIDOS:

- IGTV
- REEL
- Historia
- Encuestas
- Entrevistas
- Edit /Collages
- Recomendación
- Reto Lectura

Enero

L	M	M	J	V	S	D
					1	2
3	4	5	6	7	8	9
10	11	12	13	14	15	16
17	18	19	20	21	22	23
24	25	26	27	28	29	30
31						

Lunes 17

Martes 18

Miércoles 19

NO OLVIDAR

20 Jueves

21 Viernes

Sábado 22 Domingo 23

IMPORTANTE

- [ ]
- [ ]
- [ ]
- [ ]
- [ ]
- [ ]
- [ ]
- [ ]

PRÓXIMA SEMANA

Reseña Literaria

Comentario

Libro:__________________

____

Autor(a):_______________

____

Páginas:________________

Género:________________

Saga :__________________

Calificación

☆ ☆ ☆ ☆ ☆

Frase Favorita

Comentario Amazon /Goodreads

Collage/Edit

Promoción en redes sociales

Reseña Literaria

Comentario

Libro:____________________

____

Autor(a):________________

____

Páginas:__________________

Género:__________________

Saga :____________________

Calificación

☆ ☆ ☆ ☆ ☆

Frase Favorita

- Comentario Amazon /Goodreads
- Collage/Edit
- Promoción en redes sociales

Enero

L	M	M	J	V	S	D
					1	2
3	4	5	6	7	8	9
10	11	12	13	14	15	16
17	18	19	20	21	22	23
24	25	26	27	28	29	30
31						

NO OLVIDAR

Lunes 24

Martes 25

Miércoles 26

27 Jueves

28 Viernes

Sábado 29 Domingo 30

IMPORTANTE

PRÓXIMA SEMANA

REGISTRO DE

- [ ] Total Collages
- [ ] Total Comentarios
- [ ] Total Historias
- [ ] Total Feed
- [ ] Total REELS

Nº	Autor	Título	Valoración
1			☆☆☆☆☆
2			☆☆☆☆☆
3			☆☆☆☆☆
4			☆☆☆☆☆
5			☆☆☆☆☆
6			☆☆☆☆☆
7			☆☆☆☆☆
8			☆☆☆☆☆
9			☆☆☆☆☆
10			☆☆☆☆☆
11			☆☆☆☆☆

MENSUAL
LECTURA

☐ Total Ebook

☐ Total Paperback

☐ Total Bilogías

☐ Total Trilogías

☐ Total Sagas

Nº	Autor	Título	Valoración
12			☆☆☆☆☆
13			☆☆☆☆☆
14			☆☆☆☆☆
15			☆☆☆☆☆
16			☆☆☆☆☆
17			☆☆☆☆☆
18			☆☆☆☆☆
19			☆☆☆☆☆
20			☆☆☆☆☆
21			☆☆☆☆☆
22			☆☆☆☆☆

Notas

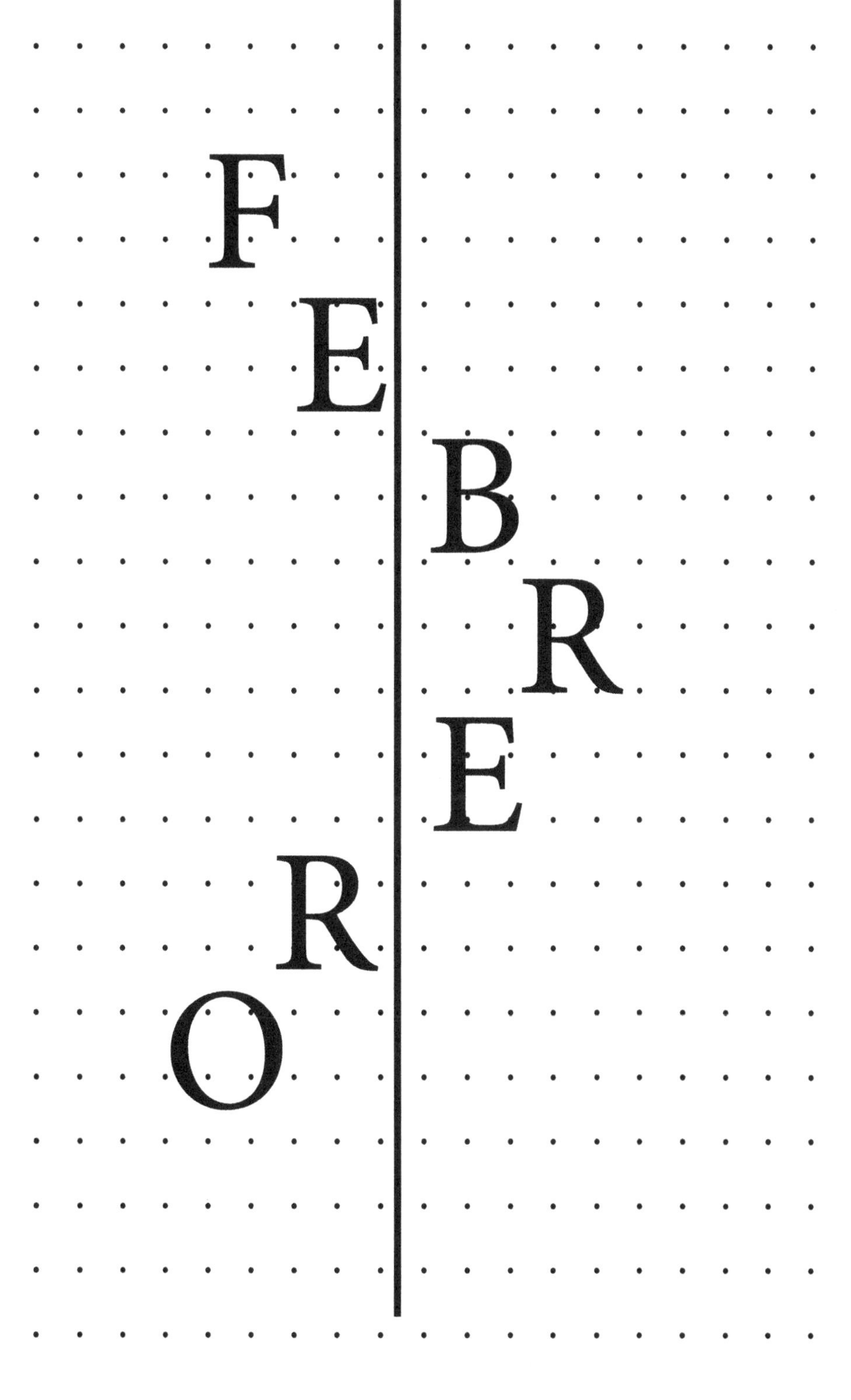
FEBRERO

Febrero

L	M	M	J	V	S	D
	1	2	3	4	5	6
7	8	9	10	11	12	13
14	15	16	17	18	19	20
21	22	23	24	25	26	27
28						

NO OLVIDAR

Lunes 31

Martes 1

Miércoles 2

3 Jueves

4 Viernes

Sábado 5 Domingo 6

IMPORTANTE

- [ ]
- [ ]
- [ ]
- [ ]
- [ ]
- [ ]
- [ ]
- [ ]

PRÓXIMA SEMANA

Organiza tu Feed

FEBRERO

PALETA DE COLORES

○ ○ ○ ○

	Martes 1	Miércoles 2
Jueves 3	Viernes 4	Sábado 5
Domingo 6	Lunes 7	Martes 8
Miércoles 9	Jueves 10	Viernes 11
Sábado 12	Domingo 13	Lunes 14

Martes 15	Miércoles 16	Jueves 17
Viernes 18	Sábado 19	Domingo 20
Lunes 21	Martes 22	Miércoles 23
Jueves 24	Viernes 25	Sábado 26
Domingo 27	Lunes 28	

CONTENIDOS:

- IGTV
- REEL
- Historia
- Encuestas
- Entrevistas
- Edit /Collages
- Recomendación
- Reto Lectura

Febrero

L	M	M	J	V	S	D
	1	2	3	4	5	6
7	8	9	10	11	12	13
14	15	16	17	18	19	20
21	22	23	24	25	26	27
28						

NO OLVIDAR

Lunes **7**

Martes **8**

Miércoles **9**

10 Jueves

IMPORTANTE

- [ ]
- [ ]
- [ ]
- [ ]
- [ ]
- [ ]
- [ ]
- [ ]

11 Viernes

PRÓXIMA SEMANA

Sábado 12 Domingo 13

Reseña Literaria

Comentario

Libro:____________________

____

Autor(a):____________________

____

Páginas:____________________

Género:____________________

Saga :____________________

Calificación

☆ ☆ ☆ ☆ ☆

Frase Favorita

Comentario Amazon /Goodreads

Collage/Edit

Promoción en redes sociales

Reseña Literaria

Comentario

Libro:____________________

____

Autor(a):_________________

____

Páginas:__________________

Género:__________________

Saga :____________________

Calificación

☆☆☆☆☆

Frase Favorita

- Comentario Amazon /Goodreads
- Collage/Edit
- Promoción en redes sociales

Febrero

L	M	M	J	V	S	D
	1	2	3	4	5	6
7	8	9	10	11	12	13
14	15	16	17	18	19	20
21	22	23	24	25	26	27
28						

NO OLVIDAR

Lunes 14

Martes 15

Miércoles 16

17 Jueves

18 Viernes

Sábado 19 Domingo 20

IMPORTANTE

PRÓXIMA SEMANA

Reseña Literaria

Comentario

Libro:____________________

____

Autor(a):________________

____

Páginas:________________

Género:________________

Saga :____________________

Calificación

☆☆☆☆☆

Frase Favorita

Comentario Amazon /Goodreads

Collage/Edit

Promoción en redes sociales

Reseña Literaria

Comentario

Libro:___________________

____

Autor(a):_______________

____

Páginas:________________

Género:________________

Saga :__________________

Calificación

☆ ☆ ☆ ☆ ☆

Frase Favorita

Comentario Amazon /Goodreads

Collage/Edit

Promoción en redes sociales

Febrero

L	M	M	J	V	S	D
	1	2	3	4	5	6
7	8	9	10	11	12	13
14	15	16	17	18	19	20
21	22	23	24	25	26	27
28						

NO OLVIDAR

Lunes 21

Martes 22

Miércoles 23

24 Jueves

25 Viernes

Sábado 26 Domingo 27

IMPORTANTE

- [ ]
- [ ]
- [ ]
- [ ]
- [ ]
- [ ]
- [ ]
- [ ]

PRÓXIMA SEMANA

REGISTRO DE

- Total Collages
- Total Comentarios
- Total Historias
- Total Feed
- Total REELS

Nº	Autor	Título	Valoración
1			☆☆☆☆☆
2			☆☆☆☆☆
3			☆☆☆☆☆
4			☆☆☆☆☆
5			☆☆☆☆☆
6			☆☆☆☆☆
7			☆☆☆☆☆
8			☆☆☆☆☆
9			☆☆☆☆☆
10			☆☆☆☆☆
11			☆☆☆☆☆

MENSUAL
LECTURA

- [ ] Total Ebook
- [ ] Total Paperback
- [ ] Total Bilogías
- [ ] Total Trilogías
- [ ] Total Sagas

Nº	Autor	Título	Valoración
12			☆☆☆☆☆
13			☆☆☆☆☆
14			☆☆☆☆☆
15			☆☆☆☆☆
16			☆☆☆☆☆
17			☆☆☆☆☆
18			☆☆☆☆☆
19			☆☆☆☆☆
20			☆☆☆☆☆
21			☆☆☆☆☆
22			☆☆☆☆☆

Notas

MARZO

Marzo

L	M	M	J	V	S	D
	1	2	3	4	5	6
7	8	9	10	11	12	13
14	15	16	17	18	19	20
21	22	23	24	25	26	27
28	29	30	31			

Lunes 28

Martes 1

Miércoles 2

NO OLVIDAR

3 Jueves

4 Viernes

Sábado 5 Domingo 6

IMPORTANTE

- [ ]
- [ ]
- [ ]
- [ ]
- [ ]
- [ ]
- [ ]
- [ ]

PRÓXIMA SEMANA

Organiza tu Feed

PALETA DE COLORES ○ ○ ○ ○

		Martes 1
Miércoles 2	Jueves 3	Viernes 4
Sábado 5	Domingo 6	Lunes 7
Martes 8	Miércoles 9	Jueves 10
Viernes 11	Sábado 12	Domingo 13

Lunes 14	Martes 15	Miércoles 16
Jueves 17	Viernes 18	Sábado 19
Domingo 20	Lunes 21	Martes 22
Miércoles 23	Jueves 24	Viernes 25
Sábado 26	Domingo 27	Lunes 28
Martes 29	Miércoles 30	Jueves 31

CONTENIDOS:

- IGTV
- REEL
- Historia
- Encuestas
- Entrevistas
- Edit /Collages
- Recomendación
- Reto Lectura

Marzo

L	M	M	J	V	S	D
	1	2	3	4	5	6
7	8	9	10	11	12	13
14	15	16	17	18	19	20
21	22	23	24	25	26	27
28	29	30	31			

NO OLVIDAR

Lunes 7

Martes 8

Miércoles 9

10 *Jueves*

11 *Viernes*

Sábado 12 *Domingo* 13

IMPORTANTE

- [ ]
- [ ]
- [ ]
- [ ]
- [ ]
- [ ]
- [ ]
- [ ]

PRÓXIMA SEMANA

Reseña Literaria

Comentario

Libro:____________________

____

Autor(a):____________________

____

Páginas:____________________

Género:____________________

Saga :____________________

Calificación

☆ ☆ ☆ ☆ ☆

Frase Favorita

Comentario Amazon /Goodreads

Collage/Edit

Promoción en redes sociales

Reseña Literaria

Comentario

Libro:___________________

____

Autor(a):_______________

____

Páginas:________________

Género:________________

Saga :__________________

Calificación

☆☆☆☆☆

Frase Favorita

Comentario Amazon /Goodreads

Collage/Edit

Promoción en redes sociales

Marzo

L	M	M	J	V	S	D
	1	2	3	4	5	6
7	8	9	10	11	12	13
14	15	16	17	18	19	20
21	22	23	24	25	26	27
28	29	30	31			

NO OLVIDAR

Lunes 14

Martes 15

Miércoles 16

17 Jueves

IMPORTANTE

18 Viernes

PRÓXIMA SEMANA

Sábado 19 Domingo 20

Reseña Literaria

Comentario

Libro:________________

____

Autor(a):______________

____

Páginas:______________

Género:______________

Saga :______________

Calificación

☆ ☆ ☆ ☆ ☆

Frase Favorita

Comentario Amazon /Goodreads

Collage/Edit

Promoción en redes sociales

Reseña Literaria

Comentario

Libro:____________________

____

Autor(a):____________________

____

Páginas:____________________

Género:____________________

Saga :____________________

Calificación

☆☆☆☆☆

Frase Favorita

Comentario Amazon /Goodreads

Collage/Edit

Promoción en redes sociales

Marzo

L	M	M	J	V	S	D
	1	2	3	4	5	6
7	8	9	10	11	12	13
14	15	16	17	18	19	20
21	22	23	24	25	26	27
28	29	30	31			

Lunes 21

Martes 22

Miércoles 23

NO OLVIDAR

24 Jueves

25 Viernes

Sábado 26 Domingo 27

IMPORTANTE

PRÓXIMA SEMANA

REGISTRO DE

- [ ] Total Collages
- [ ] Total Comentarios
- [ ] Total Historias
- [ ] Total Feed
- [ ] Total REELS

Nº	Autor	Título	Valoración
1			☆☆☆☆☆
2			☆☆☆☆☆
3			☆☆☆☆☆
4			☆☆☆☆☆
5			☆☆☆☆☆
6			☆☆☆☆☆
7			☆☆☆☆☆
8			☆☆☆☆☆
9			☆☆☆☆☆
10			☆☆☆☆☆
11			☆☆☆☆☆

MENSUAL
LECTURA

- [ ] Total Ebook
- [ ] Total Paperback
- [ ] Total Bilogías
- [ ] Total Trilogías
- [ ] Total Sagas

Nº	Autor	Título	Valoración
12			☆☆☆☆☆
13			☆☆☆☆☆
14			☆☆☆☆☆
15			☆☆☆☆☆
16			☆☆☆☆☆
17			☆☆☆☆☆
18			☆☆☆☆☆
19			☆☆☆☆☆
20			☆☆☆☆☆
21			☆☆☆☆☆
22			☆☆☆☆☆

Marzo

L	M	M	J	V	S	D
	1	2	3	4	5	6
7	8	9	10	11	12	13
14	15	16	17	18	19	20
21	22	23	24	25	26	27
28	29	30	31			

NO OLVIDAR

Lunes 28

Martes 29

Miércoles 30

Jueves 31

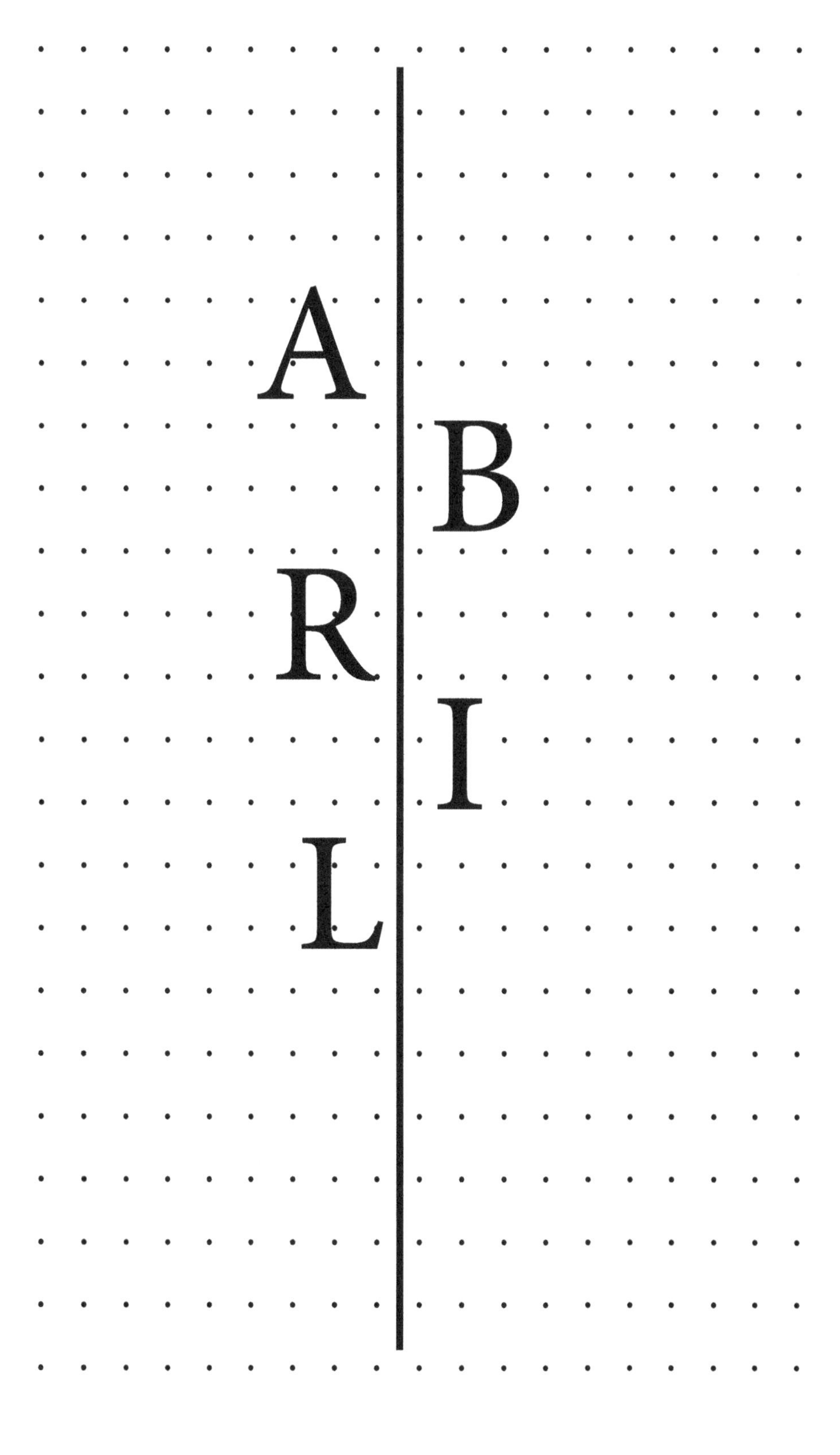
A B R I L

Notas

1 Viernes

2 Sábado

3 Domingo

IMPORTANTE

- [ ]
- [ ]
- [ ]
- [ ]
- [ ]
- [ ]
- [ ]
- [ ]

PRÓXIMA SEMANA

Organiza tu Feed

ABRIL

Viernes 1	Sábado 2	Domingo 3
Lunes 4	Martes 5	Miércoles 6
Jueves 7	Viernes 8	Sábado 9
Domingo 10	Lunes 11	Martes 12
Miércoles 13	Jueves 14	Viernes 15

Sábado 16	Domingo 17	Lunes 18
Martes 19	Miércoles 20	Jueves 21
Viernes 22	Sábado 23	Domingo 24
Lunes 25	Martes 26	Miércoles 27
Jueves 28	Viernes 29	Sábado 30

CONTENIDOS:

- IGTV
- REEL
- Historia
- Encuestas
- Entrevistas
- Edit /Collages
- Recomendación
- Reto Lectura

Abril

L	M	M	J	V	S	D
				1	2	3
4	5	6	7	8	9	10
11	12	13	14	15	16	17
18	19	20	21	22	23	24
25	26	27	28	29	30	

NO OLVIDAR

Lunes 4

Martes 5

Miércoles 6

7 Jueves

IMPORTANTE

- [ ]
- [ ]
- [ ]
- [ ]
- [ ]
- [ ]
- [ ]
- [ ]

8 Viernes

PRÓXIMA SEMANA

Sábado 9 Domingo 10

Reseña Literaria

Comentario

Libro:________________

____

Autor(a):________________

____

Páginas:________________

Género:________________

Saga :________________

Calificación

☆☆☆☆☆

Frase Favorita

Comentario Amazon /Goodreads

Collage/Edit

Promoción en redes sociales

Reseña Literaria

Comentario

Libro:____________________

____

Autor(a):_________________

____

Páginas:__________________

Género:__________________

Saga :____________________

Calificación

☆ ☆ ☆ ☆ ☆

Frase Favorita

Comentario Amazon /Goodreads

Collage/Edit

Promoción en redes sociales

Abril

L	M	M	J	V	S	D
				1	2	3
4	5	6	7	8	9	10
11	12	13	14	15	16	17
18	19	20	21	22	23	24
25	26	27	28	29	30	

NO OLVIDAR

Lunes 11

Martes 12

Miércoles 13

14 Jueves

15 Viernes

Sábado 16 Domingo 17

IMPORTANTE

PRÓXIMA SEMANA

Reseña Literaria

Comentario

Libro:____________________

____

Autor(a):________________

____

Páginas:_________________

Género:_________________

Saga :____________________

Calificación

☆ ☆ ☆ ☆ ☆

Frase Favorita

Comentario Amazon /Goodreads

Collage/Edit

Promoción en redes sociales

Reseña Literaria

Comentario

Libro:___________________

____

Autor(a):_______________

____

Páginas:________________

Género:_________________

Saga :__________________

Calificación

☆ ☆ ☆ ☆ ☆

Frase Favorita

Comentario Amazon /Goodreads

Collage/Edit

Promoción en redes sociales

Abril

L	M	M	J	V	S	D
				1	2	3
4	5	6	7	8	9	10
11	12	13	14	15	16	17
18	19	20	21	22	23	24
25	26	27	28	29	30	

NO OLVIDAR

Lunes 18

Martes 19

Miércoles 20

21 Jueves

22 Viernes

Sábado 23 Domingo 24

IMPORTANTE

- [ ]
- [ ]
- [ ]
- [ ]
- [ ]
- [ ]
- [ ]
- [ ]

PRÓXIMA SEMANA

REGISTRO DE

- [ ] Total Collages
- [ ] Total Comentarios
- [ ] Total Historias
- [ ] Total Feed
- [ ] Total REELS

Nº	Autor	Título	Valoración
1			☆☆☆☆☆
2			☆☆☆☆☆
3			☆☆☆☆☆
4			☆☆☆☆☆
5			☆☆☆☆☆
6			☆☆☆☆☆
7			☆☆☆☆☆
8			☆☆☆☆☆
9			☆☆☆☆☆
10			☆☆☆☆☆
11			☆☆☆☆☆

MENSUAL
LECTURA

Total Ebook

Total Paperback

Total Bilogías

Total Trilogías

Total Sagas

Nº	Autor	Título
12		
13		
14		
15		
16		
17		
18		
19		
20		
21		
22		

Valoración

☆☆☆☆☆

☆☆☆☆☆

☆☆☆☆☆

☆☆☆☆☆

☆☆☆☆☆

☆☆☆☆☆

☆☆☆☆☆

☆☆☆☆☆

☆☆☆☆☆

☆☆☆☆☆

☆☆☆☆☆

Abril

L	M	M	J	V	S	D
				1	2	3
4	5	6	7	8	9	10
11	12	13	14	15	16	17
18	19	20	21	22	23	24
25	26	27	28	29	30	

NO OLVIDAR

Lunes 25

Martes 26

Miércoles 27

28 Jueves

29 Viernes

Sábado 30 Domingo 1

IMPORTANTE

- [ ]
- [ ]
- [ ]
- [ ]
- [ ]
- [ ]
- [ ]
- [ ]

PRÓXIMA SEMANA

Notas

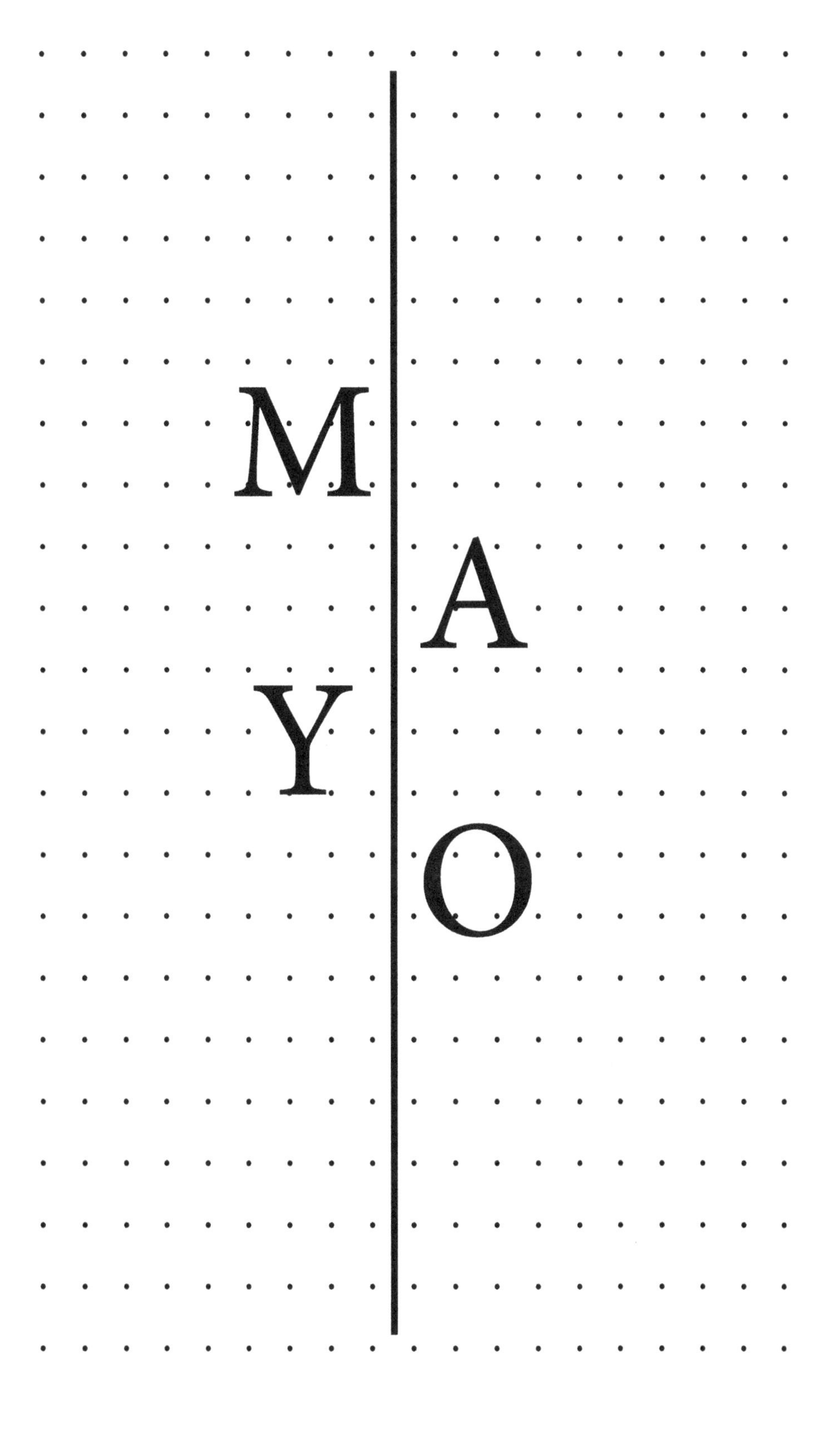
M
A
Y
O

Mayo

L	M	M	J	V	S	D
						1
2	3	4	5	6	7	8
9	10	11	12	13	14	15
16	17	18	19	20	21	22
23	24	25	26	27	28	29
30	31					

NO OLVIDAR

Lunes 2

Martes 3

Miércoles 4

5 Jueves

6 Viernes

Sábado 7 Domingo 8

IMPORTANTE

- [ ]
- [ ]
- [ ]
- [ ]
- [ ]
- [ ]
- [ ]
- [ ]

PRÓXIMA SEMANA

Organiza tu Feed

MAYO

PALETA DE COLORES ○ ○ ○ ○

Domingo 1	Lunes 2	Martes 3
Miércoles 4	Jueves 5	Viernes 6
Sábado 7	Domingo 8	Lunes 9
Martes 10	Miércoles 11	Jueves 12
Viernes 13	Sábado 14	Domingo 15

Lunes 16	Martes 17	Miércoles 18
Jueves 19	Viernes 20	Sábado 21
Domingo 22	Lunes 23	Martes 24
Miercoles 25	Jueves 26	Viernes 27
Sábado 28	Domingo 29	Lunes 30
Martes 31		

CONTENIDOS:

- IGTV
- REEL
- Historia
- Encuestas
- Entrevistas
- Edit /Collages
- Recomendación
- Reto Lectura

Mayo

L	M	M	J	V	S	D
						1
2	3	4	5	6	7	8
9	10	11	12	13	14	15
16	17	18	19	20	21	22
23	24	25	26	27	28	29
30	31					

NO OLVIDAR

Lunes 9

Martes 10

Miércoles 11

12 Jueves

13 Viernes

Sábado 14 Domingo 15

IMPORTANTE

PRÓXIMA SEMANA

Reseña Literaria

Comentario

Libro:___________________

____

Autor(a):________________

____

Páginas:_________________

Género:__________________

Saga :____________________

Calificación

☆ ☆ ☆ ☆ ☆

Frase Favorita

Comentario Amazon /Goodreads

Collage/Edit

Promoción en redes sociales

Reseña Literaria

Comentario

Libro:___________________

____

Autor(a):_________________

____

Páginas:_________________

Género:_________________

Saga :___________________

Calificación

☆☆☆☆☆

Frase Favorita

Comentario Amazon /Goodreads

Collage/Edit

Promoción en redes sociales

Mayo

L	M	M	J	V	S	D
						1
2	3	4	5	6	7	8
9	10	11	12	13	14	15
16	17	18	19	20	21	22
23	24	25	26	27	28	29
30	31					

NO OLVIDAR

Lunes 16

Martes 17

Miércoles 18

19 Jueves

20 Viernes

Sábado 21 Domingo 22

IMPORTANTE

- [ ]
- [ ]
- [ ]
- [ ]
- [ ]
- [ ]
- [ ]
- [ ]

PRÓXIMA SEMANA

Reseña Literaria

Comentario

Libro:___________________

____

Autor(a):_______________

____

Páginas:_______________

Género:_______________

Saga :__________________

Calificación

Frase Favorita

Comentario Amazon /Goodreads

Collage/Edit

Promoción en redes sociales

Reseña Literaria

Comentario

Libro:___________________

____

Autor(a):_______________

____

Páginas:_________________

Género:_________________

Saga :___________________

Calificación

☆☆☆☆☆

Frase Favorita

Comentario Amazon /Goodreads

Collage/Edit

Promoción en redes sociales

Mayo

L	M	M	J	V	S	D
						1
2	3	4	5	6	7	8
9	10	11	12	13	14	15
16	17	18	19	20	21	22
23	24	25	26	27	28	29
30	31					

NO OLVIDAR

Lunes 23

Martes 24

Miércoles 25

26 Jueves

27 Viernes

Sábado 28 Domingo 29

IMPORTANTE

- [ ]
- [ ]
- [ ]
- [ ]
- [ ]
- [ ]
- [ ]
- [ ]

PRÓXIMA SEMANA

REGISTRO DE

☐ Total Collages

☐ Total Comentarios

☐ Total Historias

☐ Total Feed

☐ Total REELS

Nº	Autor	Título	Valoración
1			☆☆☆☆☆
2			☆☆☆☆☆
3			☆☆☆☆☆
4			☆☆☆☆☆
5			☆☆☆☆☆
6			☆☆☆☆☆
7			☆☆☆☆☆
8			☆☆☆☆☆
9			☆☆☆☆☆
10			☆☆☆☆☆
11			☆☆☆☆☆

MENSUAL LECTURA

- [ ] Total Ebook
- [ ] Total Paperback
- [ ] Total Bilogías
- [ ] Total Trilogías
- [ ] Total Sagas

Nº	Autor	Título	Valoración
12			
13			
14			
15			
16			
17			
18			
19			
20			
21			
22			

Notas

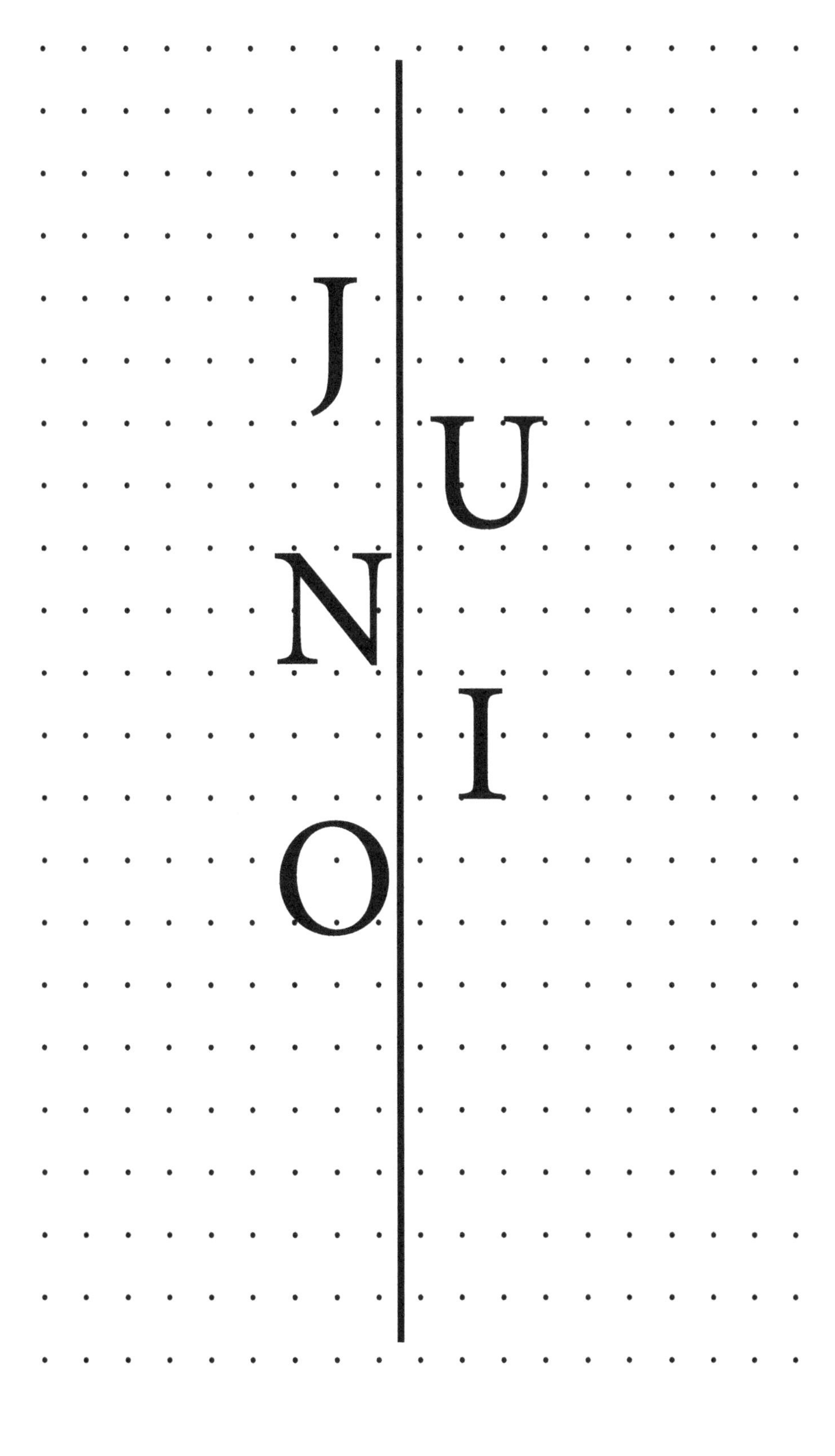
JUNIO

Junio

L	M	M	J	V	S	D
		1	2	3	4	5
6	7	8	9	10	11	12
13	14	15	16	17	18	19
20	21	22	23	24	25	26
27	28	29	30			

Lunes 30

Martes 31

Miércoles 1

NO OLVIDAR

2 *Jueves*

3 *Viernes*

Sábado 4 *Domingo* 5

IMPORTANTE

- [ ]
- [ ]
- [ ]
- [ ]
- [ ]
- [ ]
- [ ]
- [ ]

PRÓXIMA SEMANA

Organiza tu Feed

JUNIO

PALETA DE COLORES ○ ○ ○ ○

	Miércoles 1	Jueves 2
Viernes 3	Sábado 4	Domingo 5
Lunes 6	Martes 7	Miércoles 8
Jueves 9	Viernes 10	Sábado 11
Domingo 12	Lunes 13	Martes 14

Mièrcoles 15	Jueves 16	Viernes 17
Sábado 18	Domingo 19	Lunes 20
Martes 21	Miércoles 22	Jueves 23
Viernes 24	Sábado 25	Domingo 26
Lunes 27	Martes 28	Miércoles 29
Jueves 30		

CONTENIDOS:

- IGTV
- REEL
- Historia
- Encuestas
- Entrevistas
- Edit /Collages
- Recomendación
- Reto Lectura

Junio

L	M	M	J	V	S	D
		1	2	3	4	5
6	7	8	9	10	11	12
13	14	15	16	17	18	19
20	21	22	23	24	25	26
27	28	29	30			

NO OLVIDAR

Lunes 6

Martes 7

Miércoles 8

9 Jueves

10 Viernes

Sábado 11 Domingo 12

IMPORTANTE

- [ ]
- [ ]
- [ ]
- [ ]
- [ ]
- [ ]
- [ ]
- [ ]

PRÓXIMA SEMANA

Reseña Literaria

Comentario

Libro:__________________

____

Autor(a):_______________

____

Páginas:________________

Género:________________

Saga :__________________

Calificación

☆ ☆ ☆ ☆ ☆

Frase Favorita

Comentario Amazon /Goodreads

Collage/Edit

Promoción en redes sociales

Reseña Literaria

Comentario

Libro:____________________

____

Autor(a):________________

____

Páginas:________________

Género:________________

Saga :__________________

Calificación

☆☆☆☆☆

Frase Favorita

Comentario Amazon /Goodreads

Collage/Edit

Promoción en redes sociales

Junio

L	M	M	J	V	S	D
		1	2	3	4	5
6	7	8	9	10	11	12
13	14	15	16	17	18	19
20	21	22	23	24	25	26
27	28	29	30			

NO OLVIDAR

Lunes 13

Martes 14

Miércoles 15

16 Jueves

17 Viernes

Sábado 18 Domingo 19

IMPORTANTE

- [ ]
- [ ]
- [ ]
- [ ]
- [ ]
- [ ]
- [ ]
- [ ]

PRÓXIMA SEMANA

Reseña Literaria

Comentario

Libro:____________________

____

Autor(a):________________

____

Páginas:_________________

Género:__________________

Saga :____________________

Calificación

☆ ☆ ☆ ☆ ☆

Frase Favorita

Comentario Amazon /Goodreads

Collage/Edit

Promoción en redes sociales

Reseña Literaria

Comentario

Libro:____________________

____

Autor(a):____________________

____

Páginas:____________________

Género:____________________

Saga :____________________

Calificación

☆ ☆ ☆ ☆ ☆

Frase Favorita

Comentario Amazon /Goodreads

Collage/Edit

Promoción en redes sociales

Junio

L	M	M	J	V	S	D
		1	2	3	4	5
6	7	8	9	10	11	12
13	14	15	16	17	18	19
20	21	22	23	24	25	26
27	28	29	30			

NO OLVIDAR

Lunes 20

Martes 21

Miércoles 22

23 Jueves

24 Viernes

Sábado 25 Domingo 26

IMPORTANTE

- [ ]
- [ ]
- [ ]
- [ ]
- [ ]
- [ ]
- [ ]
- [ ]

PRÓXIMA SEMANA

REGISTRO DE

- [ ] Total Collages
- [ ] Total Comentarios
- [ ] Total Historias
- [ ] Total Feed
- [ ] Total REELS

Nº	Autor	Título	Valoración
1			☆☆☆☆☆
2			☆☆☆☆☆
3			☆☆☆☆☆
4			☆☆☆☆☆
5			☆☆☆☆☆
6			☆☆☆☆☆
7			☆☆☆☆☆
8			☆☆☆☆☆
9			☆☆☆☆☆
10			☆☆☆☆☆
11			☆☆☆☆☆

MENSUAL
LECTURA

- Total Ebook
- Total Paperback
- Total Bilogías
- Total Trilogías
- Total Sagas

Nº	Autor	Título	Valoración
12			☆☆☆☆☆
13			☆☆☆☆☆
14			☆☆☆☆☆
15			☆☆☆☆☆
16			☆☆☆☆☆
17			☆☆☆☆☆
18			☆☆☆☆☆
19			☆☆☆☆☆
20			☆☆☆☆☆
21			☆☆☆☆☆
22			☆☆☆☆☆

Junio

L	M	M	J	V	S	D
		1	2	3	4	5
6	7	8	9	10	11	12
13	14	15	16	17	18	19
20	21	22	23	24	25	26
27	28	29	30			

NO OLVIDAR

Lunes 27

Martes 28

Miércoles 29

Jueves 30

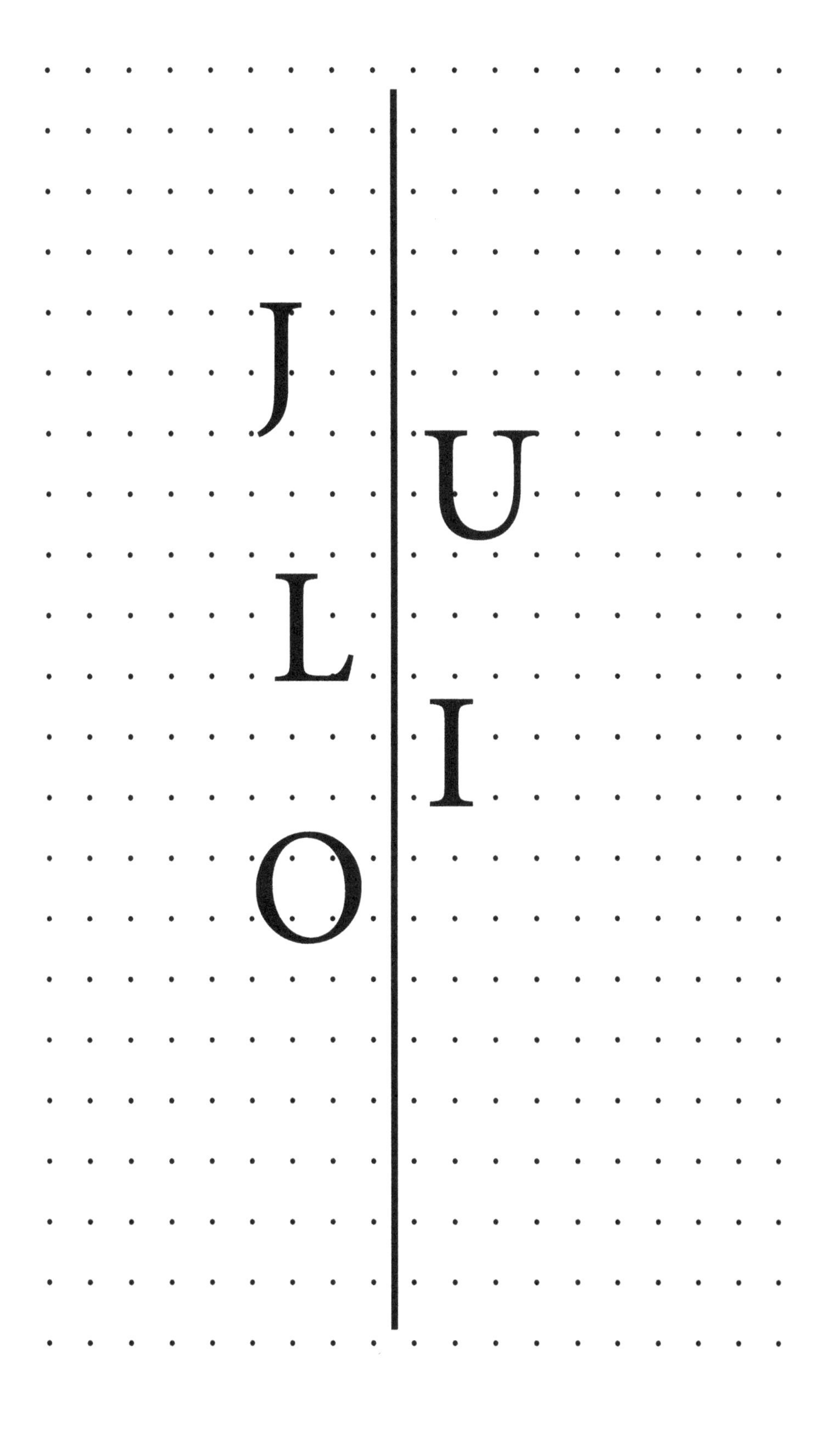
J U L I O

Notas

Viernes

2 Sábado

3 Domingo

IMPORTANTE

- [ ]
- [ ]
- [ ]
- [ ]
- [ ]
- [ ]
- [ ]
- [ ]

PRÓXIMA SEMANA

Organiza tu Feed

JULIO

PALETA DE COLORES ◯ ◯ ◯ ◯

	Viernes 1	Sábado 2
Domingo 3	Lunes 4	Martes 5
Miércoles 6	Jueves 7	Viernes 8
Sábado 9	Domingo 10	Lunes 11
Martes 12	Miércoles 13	Jueves 14

Viernes 15	Sábado 16	Domingo 17
Lunes 18	Martes 19	Miércoles 20
Jueves 21	Viernes 22	Sábado 23
Domingo 24	Lunes 25	Martes 26
Miércoles 27	Jueves 28	Viernes 29
Sábado 30	Domingo 31	

CONTENIDOS:

- IGTV
- REEL
- Historia
- Encuestas
- Entrevistas
- Edit /Collages
- Recomendación
- Reto Lectura

Julio

L	M	M	J	V	S	D
				1	2	3
4	5	6	7	8	9	10
11	12	13	14	15	16	17
18	19	20	21	22	23	24
25	26	27	28	29	30	31

NO OLVIDAR

Lunes 4

Martes 5

Miércoles 6

7 Jueves

8 Viernes

Sábado 9 Domingo 10

IMPORTANTE

- [ ]
- [ ]
- [ ]
- [ ]
- [ ]
- [ ]
- [ ]
- [ ]

PRÓXIMA SEMANA

Reseña Literaria

Comentario

Libro:____________________

____

Autor(a):_________________

____

Páginas:__________________

Género:__________________

Saga :____________________

Calificación

☆ ☆ ☆ ☆ ☆

Frase Favorita

- Comentario Amazon /Goodreads
- Collage/Edit
- Promoción en redes sociales

Reseña Literaria

Comentario

Libro:_______________

____

Autor(a):_______________

____

Páginas:_______________

Género:_______________

Saga :_______________

Calificación

☆☆☆☆☆

Frase Favorita

Comentario Amazon /Goodreads

Collage/Edit

Promoción en redes sociales

Julio

L	M	M	J	V	S	D
				1	2	3
4	5	6	7	8	9	10
11	12	13	14	15	16	17
18	19	20	21	22	23	24
25	26	27	28	29	30	31

NO OLVIDAR

Lunes 11

Martes 12

Miércoles 13

14 Jueves

IMPORTANTE

- [ ]
- [ ]
- [ ]
- [ ]
- [ ]
- [ ]
- [ ]
- [ ]

15 Viernes

PRÓXIMA SEMANA

Sábado 16 Domingo 17

Reseña Literaria

Comentario

Libro:___________________

____

Autor(a):________________

____

Páginas:________________

Género:________________

Saga :__________________

Calificación

☆☆☆☆☆

Frase Favorita

Comentario Amazon /Goodreads

Collage/Edit

Promoción en redes sociales

Reseña Literaria

Comentario

Libro:____________________

____

Autor(a):____________________

____

Páginas:____________________

Género:____________________

Saga :____________________

Calificación

☆ ☆ ☆ ☆ ☆

Frase Favorita

Comentario Amazon /Goodreads

Collage/Edit

Promoción en redes sociales

Julio

L	M	M	J	V	S	D
				1	2	3
4	5	6	7	8	9	10
11	12	13	14	15	16	17
18	19	20	21	22	23	24
25	26	27	28	29	30	31

NO OLVIDAR

Lunes 18

Martes 19

Miércoles 20

21 Jueves

22 Viernes

Sábado 23 Domingo 24

IMPORTANTE

- [ ]
- [ ]
- [ ]
- [ ]
- [ ]
- [ ]
- [ ]
- [ ]

PRÓXIMA SEMANA

REGISTRO DE

- [ ] Total Collages
- [ ] Total Comentarios
- [ ] Total Historias
- [ ] Total Feed
- [ ] Total REELS

Nº	Autor	Título	Valoración
1			☆☆☆☆☆
2			☆☆☆☆☆
3			☆☆☆☆☆
4			☆☆☆☆☆
5			☆☆☆☆☆
6			☆☆☆☆☆
7			☆☆☆☆☆
8			☆☆☆☆☆
9			☆☆☆☆☆
10			☆☆☆☆☆
11			☆☆☆☆☆

MENSUAL
LECTURA

- Total Ebook
- Total Paperback
- Total Bilogías
- Total Trilogías
- Total Sagas

Nº	Autor	Título	Valoración
12			☆☆☆☆☆
13			☆☆☆☆☆
14			☆☆☆☆☆
15			☆☆☆☆☆
16			☆☆☆☆☆
17			☆☆☆☆☆
18			☆☆☆☆☆
19			☆☆☆☆☆
20			☆☆☆☆☆
21			☆☆☆☆☆
22			☆☆☆☆☆

Julio

L	M	M	J	V	S	D
				1	2	3
4	5	6	7	8	9	10
11	12	13	14	15	16	17
18	19	20	21	22	23	24
25	26	27	28	29	30	31

NO OLVIDAR

Lunes 25

Martes 26

Miércoles 27

28 Jueves

29 Viernes

Sábado 30 Domingo 31

IMPORTANTE

- [ ]
- [ ]
- [ ]
- [ ]
- [ ]
- [ ]
- [ ]
- [ ]

PRÓXIMA SEMANA

Notas

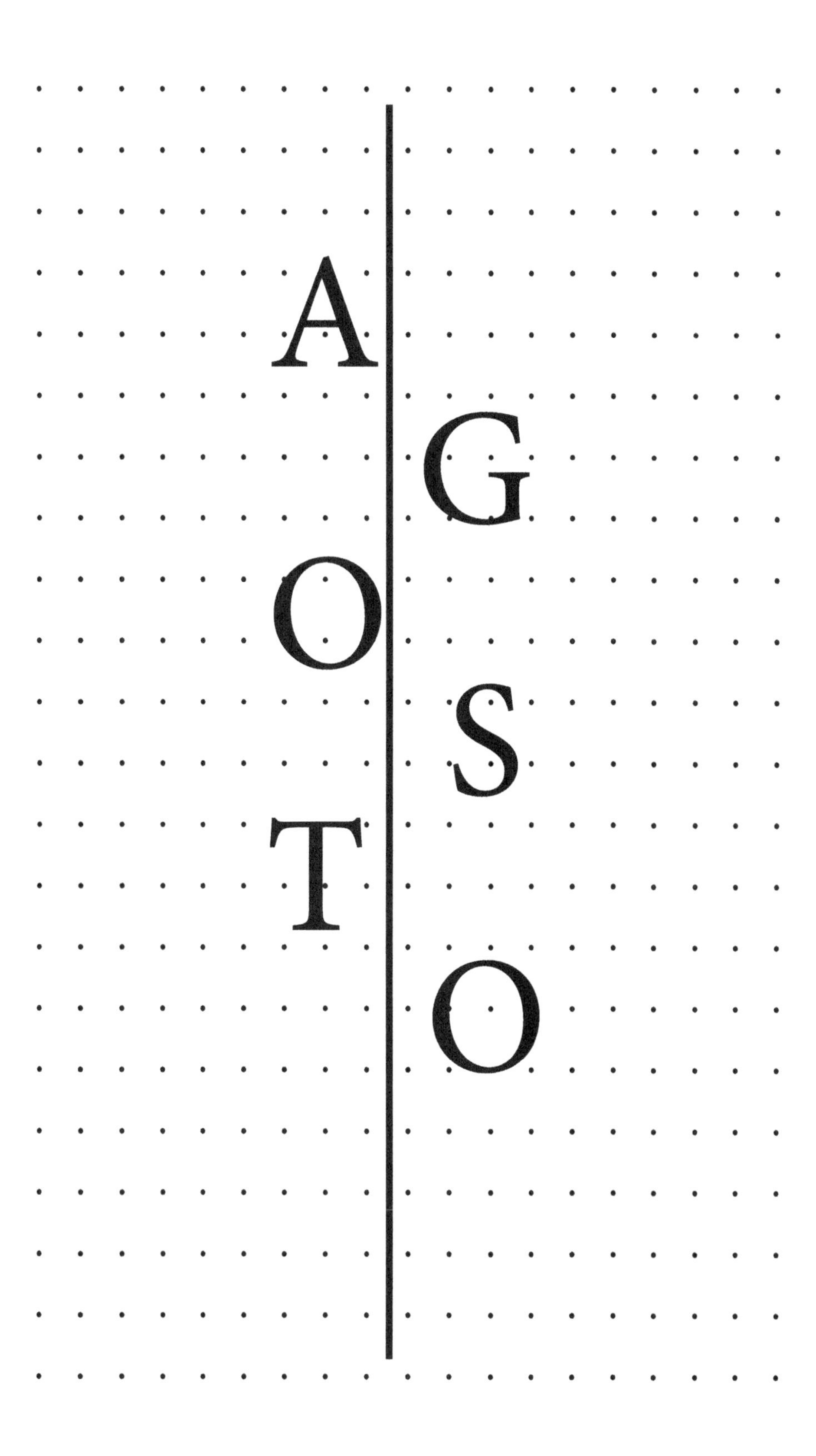
AGOSTO

Agosto

L	M	M	J	V	S	D
1	2	3	4	5	6	7
8	9	10	11	12	13	14
15	16	17	18	19	20	21
22	23	24	25	26	27	28
29	30	31				

NO OLVIDAR

Lunes 1

Martes 2

Miércoles 3

4 Jueves

5 Viernes

Sábado 6 Domingo 7

IMPORTANTE

- [ ]
- [ ]
- [ ]
- [ ]
- [ ]
- [ ]
- [ ]
- [ ]

PRÓXIMA SEMANA

Organiza tu Feed

AGOSTO

PALETA DE COLORES ○ ○ ○ ○

		Lunes 1
Martes 2	Miércoles 3	Jueves 4
Viernes 5	Sábado 6	Domingo 7
Lunes 8	Martes 9	Miércoles 10
Jueves 11	Viernes 12	Sábado 13

Domingo 14	Lunes 15	Martes 16
Miércoles 17	Jueves 18	Viernes 19
Sábado 20	Domingo 21	Lunes 22
Martes 23	Miércoles 24	Jueves 25
Viernes 26	Sábado 27	Domingo 28
Lunes 29	Martes 30	Miércoles 31

CONTENIDOS:

- IGTV
- REEL
- Historia
- Encuestas
- Entrevistas
- Edit /Collages
- Recomendación
- Reto Lectura

Agosto

L	M	M	J	V	S	D
1	2	3	4	5	6	7
8	9	10	11	12	13	14
15	16	17	18	19	20	21
22	23	24	25	26	27	28
29	30	31				

NO OLVIDAR

Lunes 8

Martes 9

Miércoles 10

11 Jueves

12 Viernes

Sábado 13 Domingo 14

IMPORTANTE

PRÓXIMA SEMANA

Reseña Literaria

Comentario

Libro:____________________

____

Autor(a):________________

____

Páginas:__________________

Género:__________________

Saga :____________________

Calificación

☆ ☆ ☆ ☆ ☆

Frase Favorita

- Comentario Amazon /Goodreads
- Collage/Edit
- Promoción en redes sociales

Reseña Literaria

Comentario

Libro:___________________

____

Autor(a):_______________

____

Páginas:________________

Género:_________________

Saga :__________________

Calificación

☆☆☆☆☆

Frase Favorita

Comentario Amazon /Goodreads

Collage/Edit

Promoción en redes sociales

Agosto

L	M	M	J	V	S	D
1	2	3	4	5	6	7
8	9	10	11	12	13	14
15	16	17	18	19	20	21
22	23	24	25	26	27	28
29	30	31				

NO OLVIDAR

Lunes 15

Martes 16

Miércoles 17

18 Jueves

19 Viernes

Sábado 20 Domingo 21

IMPORTANTE

- [ ]
- [ ]
- [ ]
- [ ]
- [ ]
- [ ]
- [ ]
- [ ]

PRÓXIMA SEMANA

Reseña Literaria

Comentario

Libro:____________________

____

Autor(a):________________

____

Páginas:_________________

Género:__________________

Saga :____________________

Calificación

Frase Favorita

Comentario Amazon /Goodreads

Collage/Edit

Promoción en redes sociales

Reseña Literaria

Comentario

Libro:____________________

____

Autor(a):________________

____

Páginas:_________________

Género:_________________

Saga :___________________

Calificación

☆ ☆ ☆ ☆ ☆

Frase Favorita

- Comentario Amazon /Goodreads
- Collage/Edit
- Promoción en redes sociales

Agosto

L	M	M	J	V	S	D
1	2	3	4	5	6	7
8	9	10	11	12	13	14
15	16	17	18	19	20	21
22	23	24	25	26	27	28
29	30	31				

NO OLVIDAR

Lunes 22

Martes 23

Miércoles 24

25 *Jueves*

26 *Viernes*

Sábado 27 *Domingo* 28

IMPORTANTE

- [ ]
- [ ]
- [ ]
- [ ]
- [ ]
- [ ]
- [ ]
- [ ]

PRÓXIMA SEMANA

REGISTRO DE

- [ ] Total Collages
- [ ] Total Comentarios
- [ ] Total Historias
- [ ] Total Feed
- [ ] Total REELS

Nº	Autor	Título	Valoración
1			☆☆☆☆☆
2			☆☆☆☆☆
3			☆☆☆☆☆
4			☆☆☆☆☆
5			☆☆☆☆☆
6			☆☆☆☆☆
7			☆☆☆☆☆
8			☆☆☆☆☆
9			☆☆☆☆☆
10			☆☆☆☆☆
11			☆☆☆☆☆

MENSUAL
LECTURA

☐ Total Ebook

☐ Total Paperback

☐ Total Bilogías

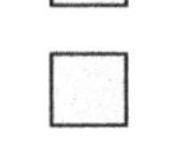

☐ Total Trilogías

☐ Total Sagas

Nº	Autor	Título	Valoración
12			☆☆☆☆☆
13			☆☆☆☆☆
14			☆☆☆☆☆
15			☆☆☆☆☆
16			☆☆☆☆☆
17			☆☆☆☆☆
18			☆☆☆☆☆
19			☆☆☆☆☆
20			☆☆☆☆☆
21			☆☆☆☆☆
22			☆☆☆☆☆

Agosto

L	M	M	J	V	S	D
1	2	3	4	5	6	7
8	9	10	11	12	13	14
15	16	17	18	19	20	21
22	23	24	25	26	27	28
29	30	31				

NO OLVIDAR

Lunes 29

Martes 30

Miércoles 31

Jueves 1

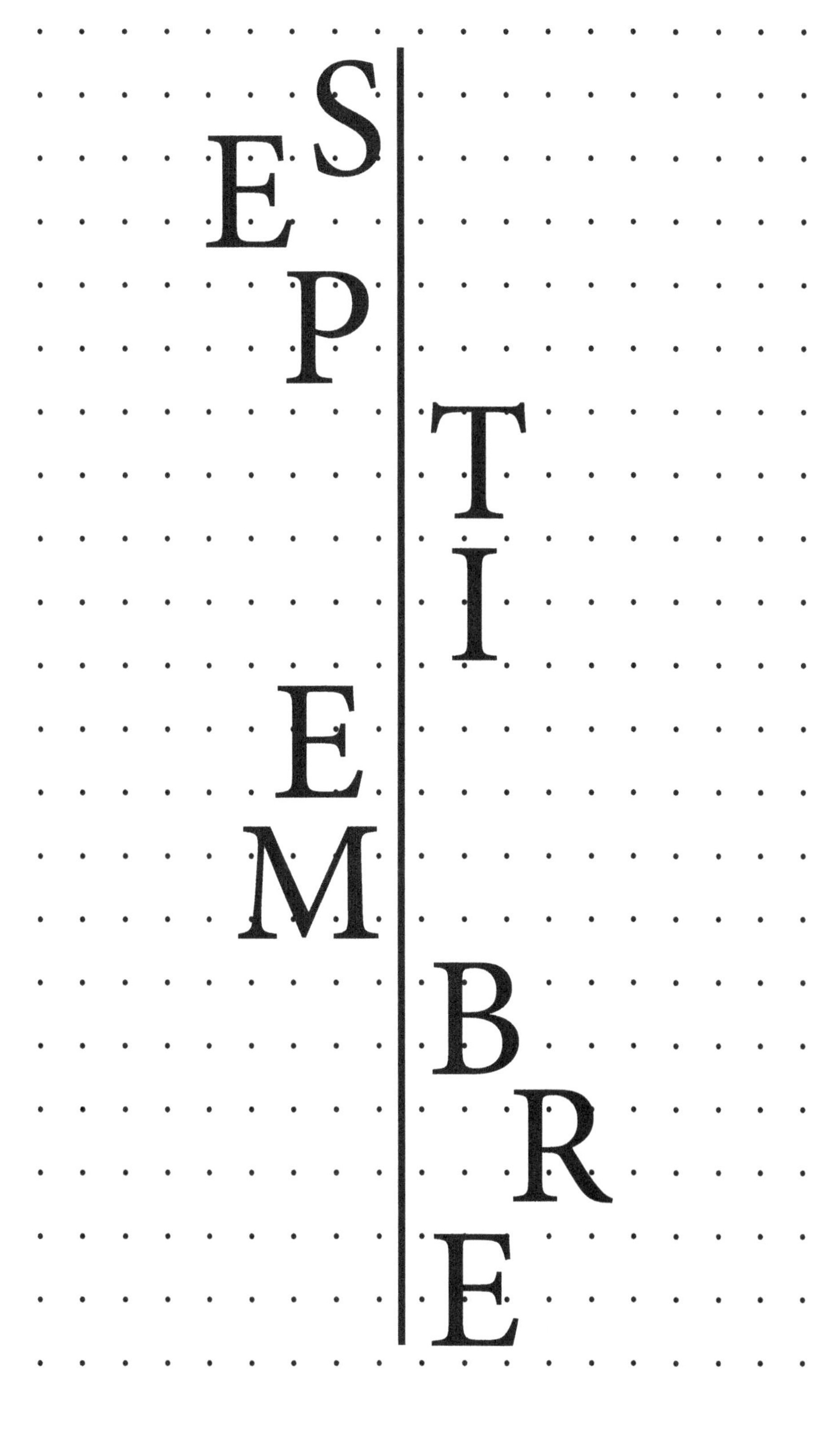
SEPTIEMBRE

Notas

2 Viernes

3 Sábado

4 Domingo

IMPORTANTE

- [ ]
- [ ]
- [ ]
- [ ]
- [ ]
- [ ]
- [ ]
- [ ]

PRÓXIMA SEMANA

Septiembre

L	M	M	J	V	S	D
			1	2	3	4
5	6	7	8	9	10	11
12	13	14	15	16	17	18
19	20	21	22	23	24	25
26	27	28	29	30		

NO OLVIDAR

Lunes 5

Martes 6

Miércoles 7

8 Jueves

9 Viernes

Sábado 10 Domingo 11

IMPORTANTE

- [ ]
- [ ]
- [ ]
- [ ]
- [ ]
- [ ]
- [ ]
- [ ]

PRÓXIMA SEMANA

Organiza tu Feed

SEPTIEMBRE

PALETA DE COLORES ○ ○ ○ ○

Jueves 1	Viernes 2	Sábado 3
Domingo 4	Lunes 5	Martes 6
Miércoles 7	Jueves 8	Viernes 9
Sábado 10	Domingo 11	Lunes 12
Martes 13	Miércoles 14	Jueves 15

Viernes 16	Sábado 17	Domingo 18
Lunes 19	Martes 20	Miércoles 21
Jueves 22	Viernes 23	Sábado 24
Domingo 25	Lunes 26	Martes 27
Miércoles 28	Jueves 29	Viernes 30

CONTENIDOS:

- IGTV
- REEL
- Historia
- Encuestas
- Entrevistas
- Edit /Collages
- Recomendación
- Reto Lectura

Septiembre

L	M	M	J	V	S	D
			1	2	3	4
5	6	7	8	9	10	11
12	13	14	15	16	17	18
19	20	21	22	23	24	25
26	27	28	29	30		

NO OLVIDAR

Lunes 12

Martes 13

Miércoles 14

15 Jueves

16 Viernes

Sábado 17 Domingo 18

IMPORTANTE

- [ ]
- [ ]
- [ ]
- [ ]
- [ ]
- [ ]
- [ ]
- [ ]

PRÓXIMA SEMANA

Reseña Literaria

Comentario

Libro:________________

____

Autor(a):________________

____

Páginas:________________

Género:________________

Saga :________________

Calificación

☆ ☆ ☆ ☆ ☆

Frase Favorita

Comentario Amazon /Goodreads

Collage/Edit

Promoción en redes sociales

Reseña Literaria

Comentario

Libro:__________________

____

Autor(a):______________

____

Páginas:_______________

Género:_______________

Saga :_________________

Calificación

Frase Favorita

Comentario Amazon /Goodreads

Collage/Edit

Promoción en redes sociales

Septiembre

L	M	M	J	V	S	D
			1	2	3	4
5	6	7	8	9	10	11
12	13	14	15	16	17	18
19	20	21	22	23	24	25
26	27	28	29	30		

NO OLVIDAR

Lunes 19

Martes 20

Miércoles 21

22 Jueves

23 Viernes

Sábado 24 Domingo 25

IMPORTANTE

- [ ]
- [ ]
- [ ]
- [ ]
- [ ]
- [ ]
- [ ]
- [ ]

PRÓXIMA SEMANA

Reseña Literaria

Comentario

Libro:____________________

____

Autor(a):____________________

____

Páginas:____________________

Género:____________________

Saga :____________________

Calificación

☆ ☆ ☆ ☆ ☆

Frase Favorita

Comentario Amazon /Goodreads

Collage/Edit

Promoción en redes sociales

Reseña Literaria

Comentario

Libro:__________________

____

Autor(a):_______________

____

Páginas:_________________

Género:_________________

Saga :__________________

Calificación

☆☆☆☆☆

Frase Favorita

Comentario Amazon /Goodreads

Collage/Edit

Promoción en redes sociales

Septiembre

L	M	M	J	V	S	D
			1	2	3	4
5	6	7	8	9	10	11
12	13	14	15	16	17	18
19	20	21	22	23	24	25
26	27	28	29	30		

NO OLVIDAR

Lunes 26

Martes 27

Miércoles 28

29 Jueves

30 Viernes

Sábado 1 Domingo 2

IMPORTANTE

- [ ]
- [ ]
- [ ]
- [ ]
- [ ]
- [ ]
- [ ]
- [ ]

PRÓXIMA SEMANA

REGISTRO DE

Total Collages

Total Comentarios

Total Historias

Total Feed

Total REELS

Nº	Autor	Título
1		
2		
3		
4		
5		
6		
7		
8		
9		
10		
11		

Valoración

☆☆☆☆☆

☆☆☆☆☆

☆☆☆☆☆

☆☆☆☆☆

☆☆☆☆☆

☆☆☆☆☆

☆☆☆☆☆

☆☆☆☆☆

☆☆☆☆☆

☆☆☆☆☆

☆☆☆☆☆

MENSUAL
LECTURA

- [ ] Total Ebook
- [ ] Total Paperback
- [ ] Total Bilogías
- [ ] Total Trilogías
- [ ] Total Sagas

Nº	Autor	Título	Valoración
12			☆☆☆☆☆
13			☆☆☆☆☆
14			☆☆☆☆☆
15			☆☆☆☆☆
16			☆☆☆☆☆
17			☆☆☆☆☆
18			☆☆☆☆☆
19			☆☆☆☆☆
20			☆☆☆☆☆
21			☆☆☆☆☆
22			☆☆☆☆☆

Notas

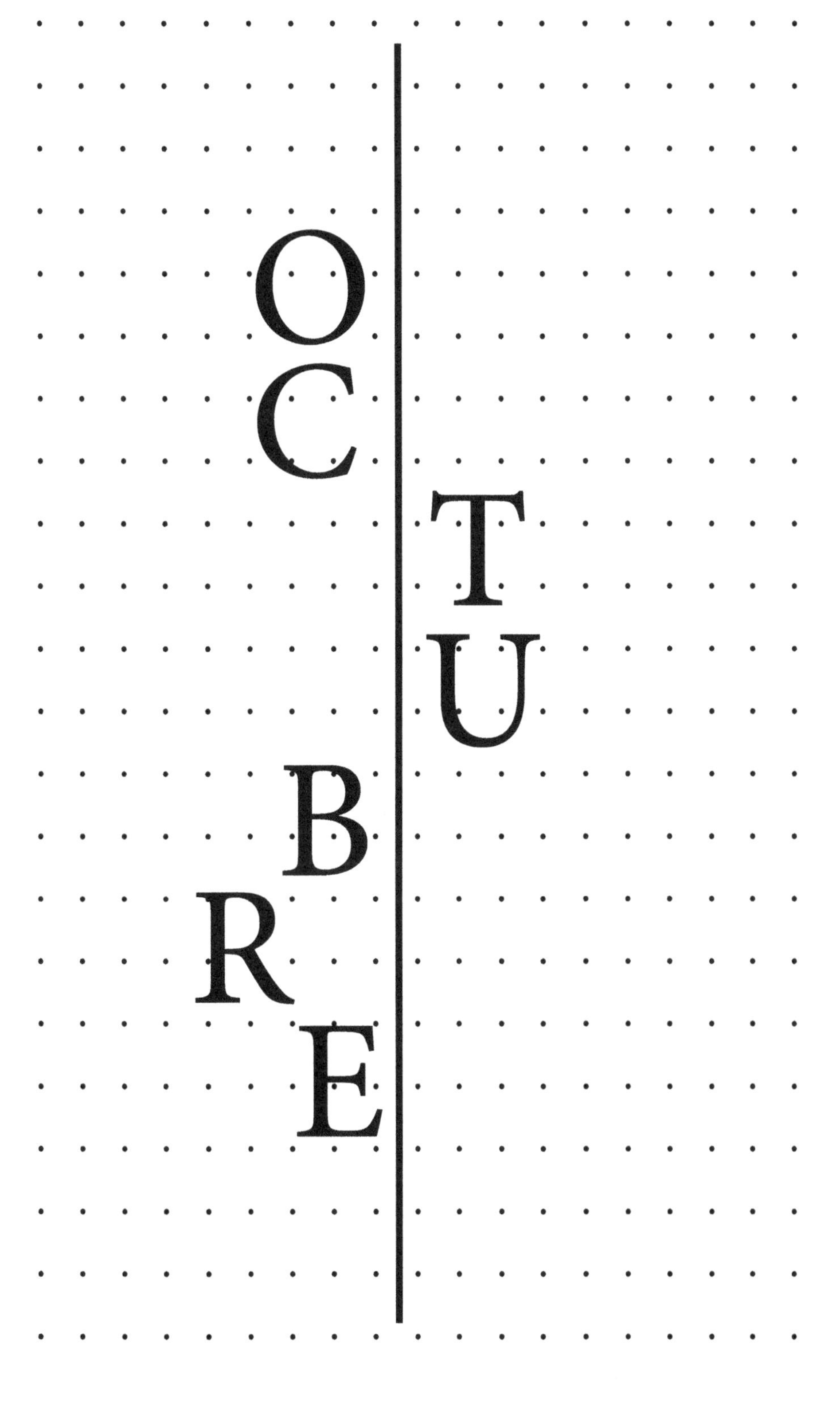
OCTUBRE

Octubre

L	M	M	J	V	S	D
					1	2
3	4	5	6	7	8	9
10	11	12	13	14	15	16
17	18	19	20	21	22	23
24	25	26	27	28	29	30
31						

NO OLVIDAR

Lunes 3

Martes 4

Miércoles 5

6 Jueves

7 Viernes

Sábado 8 Domingo 9

IMPORTANTE

PRÓXIMA SEMANA

Organiza tu Feed

OCTUBRE

PALETA DE COLORES ○ ○ ○ ○

Sábado 1	Domingo 2	Lunes 3
Martes 4	Miércoles 5	Jueves 6
Viernes 7	Sábado 8	Domingo 9
Lunes 10	Martes 11	Miércoles 12
Jueves 13	Viernes 14	Sábado 15

Domingo 16	Lunes 17	Martes 18
Miércoles 19	Jueves 20	Viernes 21
Sábado 22	Domingo 23	Lunes 24
Martes 25	Miércoles 26	Jueves 27
Viernes 28	Sábado 29	Domingo 30
Lunes 31		

CONTENIDOS:

- IGTV
- REEL
- Historia
- Encuestas
- Entrevistas
- Edit /Collages
- Recomendación
- Reto Lectura

Octubre

L	M	M	J	V	S	D
					1	2
3	4	5	6	7	8	9
10	11	12	13	14	15	16
17	18	19	20	21	22	23
24	25	26	27	28	29	30
31						

NO OLVIDAR

Lunes 10

Martes 11

Miércoles 12

13 Jueves

14 Viernes

Sábado 15 Domingo 16

IMPORTANTE

- [ ]
- [ ]
- [ ]
- [ ]
- [ ]
- [ ]
- [ ]
- [ ]

PRÓXIMA SEMANA

Reseña Literaria

Comentario

Libro:___________________

____

Autor(a):_______________

____

Páginas:________________

Género:________________

Saga :__________________

Calificación

☆ ☆ ☆ ☆ ☆

Frase Favorita

Comentario Amazon /Goodreads

Collage/Edit

Promoción en redes sociales

Reseña Literaria

Comentario

Libro:___________________

____

Autor(a):________________

____

Páginas:_________________

Género:_________________

Saga :___________________

Calificación

☆☆☆☆☆

Frase Favorita

Comentario Amazon /Goodreads

Collage/Edit

Promoción en redes sociales

Octubre

L	M	M	J	V	S	D
					1	2
3	4	5	6	7	8	9
10	11	12	13	14	15	16
17	18	19	20	21	22	23
24	25	26	27	28	29	30
31						

NO OLVIDAR

Lunes 17

Martes 18

Miércoles 19

20 Jueves

IMPORTANTE

- [ ]
- [ ]
- [ ]
- [ ]
- [ ]
- [ ]
- [ ]
- [ ]

21 Viernes

PRÓXIMA SEMANA

Sábado 22 Domingo 23

Reseña Literaria

Comentario

Libro:____________________

____

Autor(a):____________________

____

Páginas:____________________

Género:____________________

Saga :____________________

Calificación

☆☆☆☆☆

Frase Favorita

Comentario Amazon /Goodreads

Collage/Edit

Promoción en redes sociales

Reseña Literaria

Comentario

Libro:__________________

____

Autor(a):_______________

____

Páginas:________________

Género:________________

Saga :__________________

Calificación

☆☆☆☆☆

Frase Favorita

Comentario Amazon /Goodreads

Collage/Edit

Promoción en redes sociales

Octubre

L	M	M	J	V	S	D
					1	2
3	4	5	6	7	8	9
10	11	12	13	14	15	16
17	18	19	20	21	22	23
24	25	26	27	28	29	30
31						

NO OLVIDAR

Lunes 24

Martes 25

Miércoles 26

27 Jueves

28 Viernes

Sábado 29 Domingo 30

IMPORTANTE

- [ ]
- [ ]
- [ ]
- [ ]
- [ ]
- [ ]
- [ ]
- [ ]

PRÓXIMA SEMANA

REGISTRO DE

- [ ] Total Collages
- [ ] Total Comentarios
- [ ] Total Historias
- [ ] Total Feed
- [ ] Total REELS

Nº	Autor	Título	Valoración
1			☆☆☆☆☆
2			☆☆☆☆☆
3			☆☆☆☆☆
4			☆☆☆☆☆
5			☆☆☆☆☆
6			☆☆☆☆☆
7			☆☆☆☆☆
8			☆☆☆☆☆
9			☆☆☆☆☆
10			☆☆☆☆☆
11			☆☆☆☆☆

MENSUAL
LECTURA

- [ ] Total Ebook
- [ ] Total Paperback
- [ ] Total Bilogías
- [ ] Total Trilogías
- [ ] Total Sagas

Nº	Autor	Título	Valoración
12			☆☆☆☆☆
13			☆☆☆☆☆
14			☆☆☆☆☆
15			☆☆☆☆☆
16			☆☆☆☆☆
17			☆☆☆☆☆
18			☆☆☆☆☆
19			☆☆☆☆☆
20			☆☆☆☆☆
21			☆☆☆☆☆
22			☆☆☆☆☆

Notas

NOVIEMBRE

Noviembre

L	M	M	J	V	S	D
	1	2	3	4	5	6
7	8	9	10	11	12	13
14	15	16	17	18	19	20
21	22	23	24	25	26	27
28	29	30				

NO OLVIDAR

Lunes 31

Martes 1

Miércoles 2

3 Jueves

IMPORTANTE

- [ ]
- [ ]
- [ ]
- [ ]
- [ ]
- [ ]
- [ ]
- [ ]

4 Viernes

PRÓXIMA SEMANA

Sábado 5 Domingo 6

Organiza tu Feed

NOVIEMBRE

PALETA DE COLORES

○ ○ ○ ○

	Martes 1	Miércoles 2
Jueves 3	Viernes 4	Sábado 5
Domingo 6	Lunes 7	Martes 8
Miércoles 9	Jueves 10	Viernes 11
Sábado 12	Domingo 13	Lunes 14

Martes 15	Miércoles 16	Jueves 17
Viernes 18	Sábado 19	Domingo 20
Lunes 21	Martes 22	Miércoles 23
Jueves 24	Viernes 25	Sábado 26
Domingo 27	Lunes 28	Martes 29
Miércoles 30		

CONTENIDOS:

- IGTV
- REEL
- Historia
- Encuestas
- Entrevistas
- Edit /Collages
- Recomendación
- Reto Lectura

Noviembre

L	M	M	J	V	S	D
	1	2	3	4	5	6
7	8	9	10	11	12	13
14	15	16	17	18	19	20
21	22	23	24	25	26	27
28	29	30				

NO OLVIDAR

Lunes 7

Martes 8

Miércoles 9

10 Jueves

11 Viernes

Sábado 12 Domingo 13

IMPORTANTE

- [ ]
- [ ]
- [ ]
- [ ]
- [ ]
- [ ]
- [ ]
- [ ]

PRÓXIMA SEMANA

Reseña Literaria

Comentario

Libro:___________________

____

Autor(a):________________

____

Páginas:_________________

Género:__________________

Saga :___________________

Calificación

☆ ☆ ☆ ☆ ☆

Frase Favorita

Comentario Amazon /Goodreads

Collage/Edit

Promoción en redes sociales

Reseña Literaria

Comentario

Libro:____________________

____

Autor(a):________________

____

Páginas:_________________

Género:_________________

Saga :____________________

Calificación

☆ ☆ ☆ ☆ ☆

Frase Favorita

Comentario Amazon /Goodreads

Collage/Edit

Promoción en redes sociales

Noviembre

L	M	M	J	V	S	D
	1	2	3	4	5	6
7	8	9	10	11	12	13
14	15	16	17	18	19	20
21	22	23	24	25	26	27
28	29	30				

NO OLVIDAR

Lunes 14

Martes 15

Miércoles 16

17 Jueves

18 Viernes

Sábado 19 Domingo 20

IMPORTANTE

PRÓXIMA SEMANA

Reseña Literaria

Comentario

Libro:__________________

____

Autor(a):________________

____

Páginas:________________

Género:________________

Saga :__________________

Calificación

☆☆☆☆☆

Frase Favorita

Comentario Amazon /Goodreads

Collage/Edit

Promoción en redes sociales

Reseña Literaria

Comentario

Libro:___________________

____

Autor(a):_______________

____

Páginas:________________

Género:_________________

Saga :___________________

Calificación

☆☆☆☆☆

Frase Favorita

Comentario Amazon /Goodreads

Collage/Edit

Promoción en redes sociales

Noviembre

L	M	M	J	V	S	D
	1	2	3	4	5	6
7	8	9	10	11	12	13
14	15	16	17	18	19	20
21	22	23	24	25	26	27
28	29	30				

NO OLVIDAR

Lunes 21

Martes 22

Miércoles 23

24 Jueves

25 Viernes

Sábado 26 Domingo 27

IMPORTANTE

- [ ]
- [ ]
- [ ]
- [ ]
- [ ]
- [ ]
- [ ]
- [ ]

PRÓXIMA SEMANA

REGISTRO
DE

☐ Total Collages

☐ Total Comentarios

☐ Total Historias

☐ Total Feed

☐ Total REELS

Nº	Autor	Título	Valoración
1			☆☆☆☆☆
2			☆☆☆☆☆
3			☆☆☆☆☆
4			☆☆☆☆☆
5			☆☆☆☆☆
6			☆☆☆☆☆
7			☆☆☆☆☆
8			☆☆☆☆☆
9			☆☆☆☆☆
10			☆☆☆☆☆
11			☆☆☆☆☆

MENSUAL LECTURA

- [ ] Total Ebook
- [ ] Total Paperback
- [ ] Total Bilogías
- [ ] Total Trilogías
- [ ] Total Sagas

Nº	Autor	Título	Valoración
12			☆☆☆☆☆
13			☆☆☆☆☆
14			☆☆☆☆☆
15			☆☆☆☆☆
16			☆☆☆☆☆
17			☆☆☆☆☆
18			☆☆☆☆☆
19			☆☆☆☆☆
20			☆☆☆☆☆
21			☆☆☆☆☆
22			☆☆☆☆☆

Noviembre

L	M	M	J	V	S	D
	1	2	3	4	5	6
7	8	9	10	11	12	13
14	15	16	17	18	19	20
21	22	23	24	25	26	27
28	29	30				

NO OLVIDAR

Lunes 28

Martes 29

Miércoles 30

Jueves 1

DICIEMBRE

Notas

2 Viernes

3 Sábado

4 Domingo

IMPORTANTE

- [ ]
- [ ]
- [ ]
- [ ]
- [ ]
- [ ]
- [ ]
- [ ]

PRÓXIMA SEMANA

DICIEMBRE

L	M	M	J	V	S	D
			1	2	3	4
5	6	7	8	9	10	11
12	13	14	15	16	17	18
19	20	21	22	23	24	25
26	27	28	28	30	31	

NO OLVIDAR

Lunes 5

Martes 6

Miércoles 7

8 Jueves

9 Viernes

Sábado 10 Domingo 11

IMPORTANTE

- [ ]
- [ ]
- [ ]
- [ ]
- [ ]
- [ ]
- [ ]
- [ ]

PRÓXIMA SEMANA

Organiza tu Feed

DICIEMBRE

PALETA DE COLORES

○ ○ ○ ○

	Jueves 1	Viernes 2
Sábado 3	Domingo 4	Lunes 5
Martes 6	Miércoles 7	Jueves 8
Viernes 9	Sábado 10	Domingo 11
Lunes 12	Martes 13	Miércoles 14

Jueves 15	Viernes 16	Sábado 17
Domingo 18	Lunes 19	Martes 20
Miércoles 21	Jueves 22	Viernes 23
Sábado 24	Domingo 25	Lunes 26
Martes 27	Miércoles 28	Jueves 29
Viernes 30	Sábado 31	

CONTENIDOS:

- IGTV
- REEL
- Historia
- Encuestas
- Entrevistas
- Edit /Collages
- Recomendación
- Reto Lectura

Diciembre

L	M	M	J	V	S	D
			1	2	3	4
5	6	7	8	9	10	11
12	13	14	15	16	17	18
19	20	21	22	23	24	25
26	27	28	28	30	31	

NO OLVIDAR

Lunes 12

Martes 13

Miércoles 14

15 Jueves

16 Viernes

Sábado 17 Domingo 18

IMPORTANTE

PRÓXIMA SEMANA

Reseña Literaria

Comentario

Libro:________________

____

Autor(a):________________

____

Páginas:________________

Género:________________

Saga :________________

Calificación

☆ ☆ ☆ ☆ ☆

Frase Favorita

Comentario Amazon /Goodreads

Collage/Edit

Promoción en redes sociales

Reseña Literaria

Comentario

Libro:____________________

____

Autor(a):____________________

____

Páginas:____________________

Género:____________________

Saga :____________________

Calificación

☆☆☆☆☆

Frase Favorita

Comentario Amazon /Goodreads

Collage/Edit

Promoción en redes sociales

Diciembre

L	M	M	J	V	S	D
			1	2	3	4
5	6	7	8	9	10	11
12	13	14	15	16	17	18
19	20	21	22	23	24	25
26	27	28	28	30	31	

NO OLVIDAR

Lunes 19

Martes 20

Miércoles 21

22 Jueves

23 Viernes

Sábado 24 Domingo 25

IMPORTANTE

- [ ]
- [ ]
- [ ]
- [ ]
- [ ]
- [ ]
- [ ]
- [ ]

PRÓXIMA SEMANA

Reseña Literaria

Comentario

Libro:____________________

____

Autor(a):____________________

____

Páginas:____________________

Género:____________________

Saga :____________________

Calificación

☆ ☆ ☆ ☆ ☆

Frase Favorita

Comentario Amazon /Goodreads

Collage/Edit

Promoción en redes sociales

Reseña Literaria

Comentario

Libro:____________________

____

Autor(a):_________________

____

Páginas:__________________

Género:__________________

Saga :____________________

Calificación

☆ ☆ ☆ ☆ ☆

Frase Favorita

- Comentario Amazon /Goodreads
- Collage/Edit
- Promoción en redes sociales

Diciembre

L	M	M	J	V	S	D
			1	2	3	4
5	6	7	8	9	10	11
12	13	14	15	16	17	18
19	20	21	22	23	24	25
26	27	28	28	30	31	

NO OLVIDAR

Lunes 26

Martes 27

Miércoles 28

29 Jueves

30 Viernes

Sábado 31 Domingo 1

IMPORTANTE

PRÓXIMA SEMANA

REGISTRO DE

- [ ] Total Collages
- [ ] Total Comentarios
- [ ] Total Historias
- [ ] Total Feed
- [ ] Total REELS

Nº	Autor	Título	Valoración
1			☆☆☆☆☆
2			☆☆☆☆☆
3			☆☆☆☆☆
4			☆☆☆☆☆
5			☆☆☆☆☆
6			☆☆☆☆☆
7			☆☆☆☆☆
8			☆☆☆☆☆
9			☆☆☆☆☆
10			☆☆☆☆☆
11			☆☆☆☆☆

MENSUAL
LECTURA

- [ ] Total Ebook
- [ ] Total Paperback
- [ ] Total Bilogías
- [ ] Total Trilogías
- [ ] Total Sagas

Nº	Autor	Título	Valoración
12			☆☆☆☆☆
13			☆☆☆☆☆
14			☆☆☆☆☆
15			☆☆☆☆☆
16			☆☆☆☆☆
17			☆☆☆☆☆
18			☆☆☆☆☆
19			☆☆☆☆☆
20			☆☆☆☆☆
21			☆☆☆☆☆
22			☆☆☆☆☆

Notas

Resumen Anual
Lecturas Diarias

- ☐ 0
- ☐ 31/90
- ☐ 10/30
- ☐ 91 +

	E	F	M	A	M	J	J	A	S	O	N	D
1												
2												
3												
4												
5												
6												
7												
8												
9												
10												
11												
12												
13												
14												
15												
16												
17												
18												
19												
20												
21												
22												
23												
24												
25												
26												
27												
28												
29												
30												
31												

Libros Pendientes

Autor	Título	Género	DISPONIBLE EN:

PARA FUTURAS LECTURAS

Autor	Título	Género	DISPONIBLE EN:

Libros Pendientes

Autor	Título	Género	DISPONIBLE EN:

PARA FUTURAS LECTURAS

Autor	Título	Género	DISPONIBLE EN:

Libros Pendientes

Autor	Título	Género	DISPONIBLE EN:

PARA FUTURAS LECTURAS

Autor	Título	Género	DISPONIBLE EN:

Notas

Mis Contraseñas

SITIO WEB	USUARIO	CONTRASEÑA

Mi Directorio

NOMBRE	APELLIDO	TELÉFONO

NOMBRE	APELLIDO	TELÉFONO

NOMBRE	APELLIDO	TELÉFONO

NOMBRE	APELLIDO	TELÉFONO

Made in the USA
Monee, IL
09 October 2021